AF199662

Books on Demand, Norderstedt

Der Autor

Die Vorfahren des Autors lebten in Südfrankreich, in der Nähe der heutigen Gemeinde Florac Trois Revièrs, im Zentrum des Nationalparks Cevennen.

An einem tiefverschneiten Wintertag bewunderte der Autor eine Schar Kinder, die mit Begeisterung um einen von ihnen erbauten Schneemann tanzten.

Die leblose Eiseskälte des Schnees und die Lebenslust der Kinder hatten sich gegenseitig bereichert.

Diese Beobachtung verlieh dem Autor den Mut, den Versuch zu wagen, zwei überdimensional voneinander entfernte Welten, das Diesseits und das Jenseits auf einen gemeinsamen, das menschliche Leben aufwertenden Nenner zu bringen.

Also
fragen wir
den
Schneemann

Hubert Antoine Sourbier

Books on Demand, Nordstedt

© 2017 Hubertus Saurbier
Herstellung und Verlag:
BoD – Books on Demand, Norderstedt
ISBN: 9783746018508

Die Frage aller Fragen:

Was ist danach?

Was soll das alles,
wenn wir
im Nichts enden?

Kein Mensch
weiß die Antwort!

Also fragen wir den
Schneemann.

Lovely

„Eine unendliche Zahl
zauberhaft bizarrer Schneekristalle
begreifen ebenso wenig,
wie 86 Milliarden
feinst vernetzter Gehirnzellen
woher sie stammen."

Hubert Antoine Sourbier

Mini

„Körper, Geist und Gefühle
sind dem Wandel der Zeit unterworfen.
Ganz anders dein ICH .
Das ICH hat keine Größe, kein Gewicht
und auch kein Alter.
Es hat mit den irdischen Dimensionen
Raum und Zeit nichts zu tun.
Also:
Das ICH kann kein zeitliches Ende
haben. Dein ICH ist unsterblich!"

Hubert Antoine Sourbier

Scotty

*„Eine Welt ohne Gott
wäre eine Welt ohne Sinn.
Das Ziel des Lebens wäre
das absolute Nichts.
Auszuhalten nur im Rausch."*

Hubert Antoine Sourbier

Petri

„Es waren Kirchenfürsten,
die mit
autoritärem und exzessivem Lebensstil
das Bild Gottes
nachhaltig entstellt
und
dem Menschen
entfremdet haben."

Hubert Antoine Sourbier

Knacky

„Auf ewig verurteilt
wegen geerbter Sünde.
Mein Gott,
wer soll das verstehen?"

Hubert Antoine Sourbier

Bobby

„*Das Auge des Gesetzes ist blind.*
Das einzig gerechte Urteil
ist
das Gewissen."

Hubert Antoine Sourbier

Winny

„Indianer und Glaubende
können Spuren von dem sehen,
der vor ihnen war
und
dem sie folgen.“

Hubert Antoine Sourbier

Tapsy

„*Überirdisch geniale Spur:*
‚Der Zweifel an Gott
erlaubt
Entscheidungsfreiheit
für
Gut oder Böse.‘"

Hubert Antoine Sourbier

Happy

„*Die wahren Glücksbringer
auf Erden
sind
Glaube und Liebe.*"

Hubert Antoine Sourbier

Cowby

„In einer Welt ohne Liebe
herrscht
das
gnadenlose Gesetz
des Stärkeren und Brutaleren."

Hubert Antoine Sourbier

Sindby

„Es gibt nur ein einziges Gebot:
Die Liebe.
Wer Liebe lebt,
wird dereinst
den wertvollsten Schatz
in Händen halten:
Ein glückliches Gewissen!
Ein Schatz für die Ewigkeit!"

Hubert Antoine Sourbier

Hoppy

„*Wo die Liebe das Leben bestimmt,
offenbart sich
eine wunderbare Harmonie
zwischen den Menschen, den Tieren,
den Pflanzen
und der gesamten Umwelt.*"

Hubert Antoine Sourbier

Summy und Honny

„*Das Überleben der Menschheit
hängt ab
von einer mit
Klugheit und Liebe
geprägten Symbiose
zwischen
Mensch und Natur.*"

Hubert Antoine Sourbier

Prinz zu Sein

„Liebe ist der Garten Eden,
in dem
Frohsinn, Freude,
Frieden und Zufriedenheit
blühen und gedeihen."

Hubert, Antoine Sourbier

Pompy

„Nicht Allah, nicht Brahma, nicht
Shiva, Vishnu
oder Jehova und auch nicht Christus
und erst recht nicht
deren Vertreter auf Erden
sind in der Lage, das die Menschheit
vernichtende Feuer
des fundamentalen, autoritären
religiösen Fanatismus
zu löschen."

Hubert Antoine Sourbier

Lilly und Billy

„Gott braucht kein Grundgesetz
mit 146 Artikeln,
keine Religionen
mit Dogmen, Lehren, Gesetzen,
Geboten oder Verboten.
Das Gebot der einen und einzig wahren
Religion ist die Liebe.
TEDEUM:
‚Gott ist ganz einfach, ganz nah
und für alle da,
vollendet weise und ganz lieb.'"

Hubert Antoine Sourbier

Sunny

„*Gott ist*
kein Islamist, kein Hindu, kein
Buddhist, kein Jude
und auch kein Katholik.
Befreit von dogmatischen Fesseln
gäbe es für alle Menschen
einen einzigen gemeinsamen Gott.
Aus Hass erzeugender Feindschaft
würde
Liebe erweckende Freundschaft."

Hubert Antoine Sourbier

Küfy

„In den Holzfässern der Küferin
geschieht das Wunder von Kana.
Glaube und Zweifel
schenken dem Menschen die
Entscheidungsfreiheit
für Güte und Liebe oder Boshaftigkeit
und Hass.
und damit die Chance der Reifung."

Hubert Antoine Sourbier

Biky

„ *Wie im Rausch*
der Grenzerfahrung auf zwei Rädern
verfliegt die Zeit.
Versäume nicht,
dir in der verbleibenden Zeit
den Himmel auf Erden zu verdienen.“

Hubert Antoine Sourbier

Putzy

*„Der gefährlichste Dreck muss
vor allem weg!*

*Der intolerante, autoritäre
Fundamentalismus
der Religionen
mit Extremismus, Fanatismus und*

Terrorismus.

Hubert Antoine Sourbier